EL SANTU LA MAESTRA o
AMPARO, LA MODISTILLA

original de
Manuel Llaneza Iglesias
Música de Luis Llaneza Iglesias

fronda
ediciones teatrales

© Fronda ediciones teatrales
e-mail: palominomanuel@uniovi.es

Texto: Manuel Llaneza Iglesias
Todos los derechos de representación escénica
© herederos de Manuel Llaneza Iglesias, 2020

ISBN: 978-0-244-25216-8

Dramaturgia Asturiana. Textos rescatados; 8

Colección coordinada y transcripción por:
Manuel Palomino Arjona

Manuel LLANEZA IGLESIAS (Gijón, 1879 - Madrid, 1958). Hijo del célebre compositor Leoncio, fue protagonista del nacimiento del teatro asturiano, por medio de sus cuadros artísticos. Activo empleado de la Sociedad Peninsular de teléfonos, entre 1933-1939 fue locutor radiofónico en Radio Emisora Gijón EAJ 34, fundada en 1933, donde creó un personaje llamado Sindín, en constante pugna con la actriz Rosario Trabanco. En 1936 se dio de baja por enfermedad, razón por la que no fue represaliado cuando la emisora fue incautada. Al no participar en la guerra, pudo ejercer posteriormente su profesión en Radio Oviedo, también llamada Radio Falange, donde hizo popular el programa *Aventuras de Cartucho y de Tobi, su fiel chucho*, habiendo escrito allí más de mil guiones. Entre 1944-1956, y requerido por Lucio del Álamo, entra en RNE (Madrid), en la sección musical del Departamento de Programas y Emisiones, donde además fue colaborador en guiones, estampas y seriales, y miembro del cuadro artístico, especializándose en papeles de personajes exóticos, hasta que una afección bronquial se lo impidiera en torno a 1954. Además, fue director de escena de la Gran Compañía Cómico-Lírica Asturiana (Gijón, 1919-1928), en torno a la que Isidro Carballido aglutina a Francisco R. Lavandera, como maestro y compositor, y cuyo repertorio estaba compuesto por obras de Pachín de Melás, Manuel Llaneza y Agustín de la Villa. Escribió unas cuarenta obras de teatro de ambiente gijonés, estrenadas principalmente por la Compañía Asturiana de Comedias, entre las que están el juguete cómico *El caseru aprovechau* (Cultura e Higiene de Gijón, 1923), *¡Qué tiempos aquellos!*, entremés dedicado a las cigarreras de Cimadevilla, el juguete cómico

El neñu (1924), *Las suegras* (Constancia de La Calzada, 1925), el juguete cómico *La melena* (Asociación de Cultura e Higiene, 1925), reestrenada con motivo de su marcha a Madrid, los diálogos *Coses de rapazos* (*ca.* 1925) y *¡Un playu!* (José Manuel Rodríguez, 1932); el sainete *El santu de la maestra o Amparo la modistilla* (Pepe García Noval, 1925), con música de su hermano Luis y reestrenada por Pepe García Noval y después por Lola Membrives, el sainete *Los matrimonios o Nati, la camarera* (1926), el pasacalle *Rodolfo Valentino* (1928); el juguete cómico *Quiero ser cupletista* (1928) y el apropósito *Rodolfo Valentino* (ca. 1928), ambos con música de Nicolás Álvarez Solar-Quintes; el monólogo *¿Borrachu yo?* (1928); el sainete *Cariño y chuletas* (Joaquín Sánchez, 1929), con música de Nicolás Álvarez Solar-Quintes, influenciada por *Las mujeres son ansí*, de A. Paso y G. del Toro; la revista *Miguelito Taramba* (1930), en colaboración con Pepe Sala y con música de Norberto Royo y Peralta; el juguete cómico *Un directo a la mandíbula* (1929), con música de Marcelino Rubiera; la comedia *La vida manda* (1930); el sainete *La familia de Cecilia* (Cía. Asturiana de José Manuel Rodríguez, 1932), con música de Eladio Verde y decorados de Carril, cantada por Antonio Medio; el juguete cómico *Miss Gijón* (1932), un cuadro que tiene por origen un concurso de belleza al que dice haberse presentado una pobre chica que termina por dar con sus huesos en la comisaría, acompañada de sus progenitores; el disparate *¡Divórciate, Catalina!* (1932), en colaboración con Alfonso González; la comedia *Cena americana* (*ca.* 1933), con un número musical de Francisco Esteban Ortega de la Granda; el juguete *¿Está bien claro?* (1934), a beneficio de Aurora Sánchez; la inocentada radiofónica *Un drama del siglo XIII* (1934); los cuentos radiofónicos *El violín mágico* (1934) y *Una escuela en 1900* (1935), los juguetes cómicos *Se alquila amueblado* y

Flamenquerías (1937); *¡La casa llétrica!* (1937); *Remanso de paz* (1938), una crítica a la Guerra Civil; *Ondas azules* (Teatro Campos Elíseos, 1939), con escenografía de Alfredo Miranda y música de Francisco Ortega; la opereta bufa en verso *La alcaldesa de Gijón* (Cía. de Zarzuela Española Eladio Cuevas, 1940), junto a Paco Ortega y con música de Francisco Ortega, reestrenada por la Compañía del Calderón en 1944; *La guaxa* (Cía. Asturiana de José Manuel Rodríguez, 1941), los cuentos líricos *Floridor y su escudero* (1942), junto a Francisco Antuña, y *El duende ciego* (1942), ambos con música de Francisco Ortega y escenografía de Adolfo Meana, representados por la Compañía Juvenil, que él mismo dirigía, y *Manín, el bobu* (1956), que es la última obra que escribió. Además, conocemos otros títulos de obras escritas entre 1925-1940 como *Enamorada*, *La Pixarra* y *¿Por qué me besaría?*, teniendo en preparación la farsa *La paz de la aldea*; la comedia *Morfina*; el sainete *¡Los playos somos así!* y la comedia *El castillo encantado*.

EL SANTU LA MAESTRA o AMPARO, LA MODISTILLA

Sainete de costumbres en dos actos
original de
Manuel Llaneza Iglesias
Música de **Luis Llaneza Iglesias**

Estrenada 3 de febrero 1925
en el Teatro Dindurra por la
Compañía Gijonesa de Comedias

Teatro Dindurra

Empresa Méndez Laserna - Gijón

Viernes 22 de Marzo de 1929

A las SIETE MENOS CUARTO
y DIEZ y MEDIA

¡Extraordinarias Funciones!

Homenaje que los afi-
cionados gijoneses de-
dican al popular actor
cómico local

JOSÉ MANUEL RODRÍGUEZ

PROGRAMA

ESTRENO

del entremés extraído de una charla popular gijonesa, escenificada por el benefi-
ciado José Manuel Rodríguez.

ACUTANDO SITIU

interpretado por Rosario Trabanco, Margarita Valdés, y niño Luis Ruiz, el homenajeado José Manuel Rodríguez y Esteban Gallardo.

REPOSICIÓN del saínete de costumbres gijonesas, en dos actos y tres
cuadros, original de Manuel Llaneza, con incustaciones musicales de Luis Llaneza,

El santu de la maestra

o

Amparo, la modistilla

REPARTO

Amparo	Balbina Barrera
Asunción	Aurora Sánchez
Lola	Armonía Santa Eugenia
Pilar	Adelaida Torrente.
Luisa	Engracia González
Juan	JOSÉ MANUEL RODRÍGUEZ
Emilio	Joaquín Sánchez.
	(Por la noche, Maestro Villa).
Pepe	José Alvarez.
Narciso	Enrique de Arriba.
Celesto	Esteban Gallardo.
Fernando	Manolo Alvarez.

Coro de modistillas: Maruja Morán, Gloria Morán, Enriqueta Laviada, Ar-
menilda Cueto, Iluminada González, Celestina Solares, Isabel Norato.

Director de orquesta: LEÓN TERRERO

Tomarán parte en el espectáculo en obsequio al homenajeado, los afamados
coros **LOS FARAPEPES.**

PRECIOS DE LAS LOCALIDADES (INCLUIDOS LOS IMPUESTOS)	A las Siete menos cuarto	A las 10 y 1/2	
Platea o palco entresuelo con entrada.	12,00	10,00	Mañana, SÁBADO, repa- rición de **MORANO** para ESTRENAR
Palcos principales con entradas.	8,00	6,00	**EL INTRUSO**
BUTACA DE PATIO.	2,50	2,00	de Turgueneff, desarrolla- do en Asturias.
Butaca de entresuelo, 1.ª fila.	2,50	2,00	El DOMINGO:
Id. de entresuelo, 2.ª fila.	2,00	1,50	**DESPEDIDA**
Butaca de principal, 1.ª fila.	2,00	1,50	con el ESTRENO
Id. de principal, 2.ª fila.	1,50	1,25	**RONDALLA**
Anfiteatro, 1.ª fila.	1,25	1,00	última producción de los QUINTERO.
Id. 2.ª fila.	1,00	0,80	
Delantera de paraíso.	0,70	0,50	
GALERÍA GENERAL.	0,50	0,40	

PERSONAJES
(Actores)

Amparo, 21 años. (Balbina Barrera)
Asunción, 40 años. (Rosario Trabanco)
Juan, 53 años. (José Manuel Rodríguez)
Emilio, 26 años. (Antonio Medio)
Pepe, 24 años. (Prudencio Martínez)
Pilar, 19 años. (Oliva de Aller)
Luisa, 20 años. (Guillermina Duarte)
Joaquín, 21 años. (Rufino Peña)
Fernando, 26 años. (Jesús Panadero)
Celesto, 25 años. (Andrés Escudero)
Narciso, 40 años. (Ignacio Colao)
Lola, 14 años. (Nieves Sánchez)

Director de orquesta: León Terrero

La acción de la obra en Gijón

ACTO PRIMERO

Cuadro Primero

La escena representa un taller de modistillas en una casa de planta baja. Balcón al foro. Puertas laterales derecha e izquierda. Foro izquierda, y arrimada a la pared, mesa grande para planchar. Distribuidos por la escena varios maniquís y, puestos en ellos, algunas prendas de señora. Sillas bajas para coser. Foro izquierda, un armario o una cómoda. En las paredes, algunos cuadros y figurines.

Escena Primera
Pilar, Luisa, Lola y varias modistillas.

(Al levantarse el telón, Luisa, Lola y las demás modistas, todas sentadas en sillas bajas, rodean a Pilar, que les está contando una historia muy entretenida al parecer)

Pilar: ...Y entonces dijoi la rapaza. ¡Ay, Ramón, qué coses tienes!

Todas: ¡Ja, ja, ja!

Luisa: ¡Ay, neña, cuentes unes coses tan simpátiques que se pon una más coloraa que esto! *(Por la tela que tenga en la mano que debe de ser encarnada)*

Pilar: ¡Bah! ¡Por bien poco te asustes!

Luisa: Ya se conoz que aquel mozu que tuviste estaba empleau en el Kursal. ¿Aprendiste eses coses con él?

17

Lola: Total yo, quedéme como estaba.

Pilar: ¡Ay, niñina!, ¿cómo te queríes quedar?

Lola: ¡Quiero decir que no lo entendí!

Pilar: ¡Ay, rica, ye que esti cuentu ye muchu cuentu pa ti!

Lola: Ye muchu cuentu…

Pilar: Sí, ye muchu cuentu…

Lola: Non, si digo que ye muchu cuentu esto de que siempre que digo algo, has de burlate de mí como si yo fuera boba.

Pilar: Non yes boba, yes inocente.

Lola: Val más ser inocente que non… ¡Bueno, dejaime en paz!

Todas: Ja, ja, ja… *(Pausa)*

Luisa: *(Cantando)* ¡Hay que ver, hay que ver! *(Lola le tira a la cara la labor que tiene entre manos)* ¡Ay! ¿Cómo yes tan burra? ¡Hay que ver, señor, hay que ver!

Lola: Pa que veas, muyer, pa que veas.

Luisa: Será al revés, será pa que non vea. Por poco me dejes ciega.

Lola: Mira que yes exagerada. Total, porque te tire la blusa sola.

Luisa: ¿Queríes tirámela con el ama dentro? *(Pausa)*

Pilar: *(Cantando)* Bello Gijón, puerto de mar…

Luisa: ¡Mirai que novedá! Eso ya lo cantaba mi güela cuando iba a la escuela.

Todas: *(Cantando)* Hay que ver, mi abuelita, la probe, ¡qué cosas cantaba!

Pilar: ¡Ay, rica! Si tuviera entrada en el teatro como tú, aprendería toos los cantares nuevos. *(Con intención)* ¡Como tu padre ye 'incomodador'!

Luisa: Pues, mira, faite moza del empresariu, verás como entres.

Pilar: Non creas, que ye bien curiosu y bien rescamplau. Ye un tipo así como el tu mozu.

Luisa: Ya lo creo que el mi mozu ye rescamplau…

Pilar: Y guapu…

Luisa: Y que lo digas.

Pilar: Y simpáticu y… con un… no… sé qué…

Luisa: Yo sí sé el qué…

Lola: ¿Quién da el jaboncillo?

Pilar: Yo.

Lola: ¡Ya lo veo!

Pilar: ¿Díceslo con intención?

Lola: Dígolo con necesidá. *(Pausa)*

Oficiala: Pilar, tírame el algodón… tírame la seda… tírame el carrete…

Lola: ¡Tirai un tiru!

Oficiala: Voy tirate yo a ti la silla a la cabeza.

Lola: ¡Tiraben!

Oficiala: ¡Descarada!

Lola: ¡Les descarades non tienen cara, y yo la tengo muy rescamplada! *(Gran juerga. Otra pausa. Algunas cantan por lo bajo, otras charlan armando bastante ruido)*

Escena Segunda
Dichas y Asunción

Asunción: *(Saliendo lateral izquierda)* Non podéis callar la boca y alborotar menos.

Pilar: Si estábamos entonando por lo bajo.

Asunción: Pues pa entonar tomai jerez. Non veis que no dejáis dormir a esi probe rapaz.

Lola: ¿A quién? ¿Al americanu?

Asunción: A ver si te doy yo americanu y mediu. ¡Ye tan asturianu como tú y como yo!

Lola: Ye que no me acordaba como se llamaba.

Asunción: Pues come rabos de pases. *(A Luisa)* ¿Volvísteme la chaqueta?

Luisa: Estoy volviéndola.

Asunción: ¿Toavía estás así? ¡Esto ye mucha pereza, demasiada! ¡Ya van tres días que me estás volviendo la espalda!

Lola: Estará enfadá con usté.

Asunción: Tú calla la bosa y non te metas onde nadie te llama.

Lola: No se incomode, señora, que fue un chiste que quise hacer.

Asunción: Pues a facer chistes vas al teatro. Eso ye lo que vos pierde a vosotres, el facer chistes, el bailucu y los mozacos...

Pilar: ¡Ay, neñes, desde mañana vamos dir al estituto!

Asunción: Al estituto... Al estituto. ¡Ma p'ahí, qué burra! ¡Istituto, istituto!

Lola: Perdone, maestra, pero yo creo que tien razón Pilar. ¿El estituto non ye esti que está aquí al lao?

Asunción: Sí, ye esti.

Lola: Pues si ye esti, ye 'esti'-tuto.

Unas: Tien razón.

Otras: Non tien razón.

Asunción: Bueno, bueno; basta de charleta que estamos perdiento muchu tiempu. *(A Luisa)* Tú, trae la chaqueta de doña Mercedes, que voy a day un planchazu. *(A Lola)* Y tú, vete a casa de la fía de Policarpo y dicesi que venga a probar esta tarde sin falta.

Lola: No me atrevo a ir.

Asunción: ¿Por qué, neña?

Lola: Porque tien un perru que se tira a les piernes.

Asunción: ¡Mentira! La fía de Policarpo nunca tuvo un perru.

Lola: ¡Entós, usté va a cobrar pronto!

Asunción: Si cobro o non cobro, non ye cuenta tuya.

Lola: Ya sé que ye la cuenta de usté.

Asunción: ¡Hala, hala! A facer lo que te manden y si hay un perru day la pestilla. *(Lola hace mutis)* Que haiga formalidá, que haiga formalidá, y, sobre todo, que haiga silencio; non me despertéis al neñu. *(Mutis)*

Escena Tercera
Pilar, Luisa y Oficialas

Luisa: Desde que i vino el fíu de América no hay quien la aguante.

Pilar: A mí, la verdá, non me choca que esté así. Has de considerar que ya hacía nueve años que non lu veía. ¡La verdá, que cualquiera diz que ye el mismu del retratu que tien en la sala! En esi retratu paez un neñu esfamiau y feu. Ahora ye un mozu bastante curiosu.

Luisa: ¡Home, muyer, non exageres! Non ye pa tanto.

Pilar: Non lu miraste bien. Ahora que, a ti, en sacándote del tu mozu, toos te parecen feos.

Luisa: Non ye que yo desprecie a los demás, pero pa mí no lu hay más guapu.

Pilar: También a Amparo paecíai el más guapu de todos Pepe, y vete a preguntai ahora por él, verás lo que te diz.

Luisa: Eso ye otra cosa. Si a mí me sucediese otro tanto, no me quedaba como ella. Hacía una barbaridá.

Pilar: ¿Cómo no habrá venio toavía, tan puntual como ye siempre?

Luisa: Como tien la madre mala, avisó ayer a la maestra que hoy vendría un poco tarde.

Pilar: También la probe. por esi lao tien mala suerte. Quedase sin padre y con la madre enferma.

Luisa: Ya ves, con lo buena que ye y que poco la consuela Dios.

Oficiala: Callai, que vien ahí.

Escena Cuarta
Dichas y Amparo

Amparo: *(Lateral derecha)* Buenes tardes.

Pilar: ¡Madre, neña! Ya non contábamos contigo. ¿Pasóte algo?

Amparo: No, nada… mi madre… que…

Pilar: ¡Ay, ye verdá! ¿Cómo está la probe?

Amparo: Está un poco mejor. Ayer pasó la noche bastante mal, pero hoy ya está más aliviada.

Pilar: Non sabes lo que me alegro.

Luisa: Lo mismo digo, neña.

Amparo: Gracies, muches gracies *(Pausa)* ¿Y la maestra?

Pilar: Por ahí dentro anda, más lloca que una espuerta gatos con el su fíu.

Amparo: ¿Con Emilio?

Luisa: Sí home, sí. ¿No lu viste toavía?

Amparo: Como fai tres días que non vengo a coser, non pude saludalu. Según me dijo el señor Juan, creo que vien delicau.

Pilar: Como que aquelles tierrones no i sienten bien a nadie. Si lu oyeres, les coses que nos contó ayer. Diz que no hay país como aquel de ricu y que se gana el dineru a pataes.

Luisa: Así, pudo habelo ganao también aquí.

Pilar: ¿Quién gana aquí el dineru a pataes?

Luisa: ¡Má! Los fubolistas. Pero non debía ganar mucho, porque paezme a mí que non trae los bolsos muy llenos.

Pilar: Eso non tien naa que ver. El probe tuvo que venir pa acá porque no i sentaba aquello. Creo que se puso muy malu. Además, ¡caeríai la maleta en muelle! Pero, ¿a que non te fijaste en la sortijona que trae?

Luisa: ¿Sortijona? Como eses failes toos los días mi padre en la fábrica cristales.

Pilar: ¡Ya te tardaba!

Luisa: ¿A quién, a mí? Mejores que esa ya les tien regalao el mi mozu. ¿Non viste la que mandó el día l'mi santu?

Pilar: ¡Cómo aquella viles yo a tres riales en casa Marieta!

Luisa: ¡Jajai, dibes viendo! Él, non me quiso decir lo que i costó, pero enteréme yo pol hermanu de Pepe, que fue con él a comprala, y creo que achincho por ella cincuenta pesetes como cincuenta soles.

Pilar: Pues, neña, tomaroni el pelo, porque más que sortija de oro, paez de azabache de lo negra que se puso.

Amparo: Callai, que vien ahí la maestra.

Escena Quinta
Dichas, Asunción y Emilio

Asunción: *(Dentro)* Si quies leer el periódicu siéntate aquí, que estarás más a gusto.

Emilio: Gracias, madre; muchas gracias.

24

Asunción: *(Ambos saliendo)* ¡Qué gracies ni que neñu muertu! Conmigo non tienes que andar con tantes caxigalines.

Emilio: *(A las demás)* Buenas tardes tengan ustedes.

Todas: Buenes.

Emilio: Se trabaja, ¿eh?

Pilar: A la fuerza.

Amparo: Y que non falte.

Emilio: ¡Caramba, no había reparado! Usted no estaba ayer aquí.

Asunción: Entós, ¡qué ye aquello! ¿Non la conoces? ¡Si ye Amparo! ¡Amparo, la fía de Antón!

Emilio: ¡Caramba! Pues es verdad. *(Dándole la mano)* ¿Cómo está usted?

Amparo: *(Ídem ídem)* Bien, ¿y usté?

Asunción: ¡Má p'ahí, qué par de pazguatos! Que, ¿cómo está usté? Que bien, y usté. ¡Ello que ye aquello, [que finodo éste, el tiempodo]! Entós non vos acordáis de cuando jugabéis juntos en la calle. Pa que andáis con tantu relicoriu. ¡Andai, andai; trataivos de tú como antes y dejaivos de bobaes!

Emilio: Es verdad, ¡caramba! Tiene razón mi madre. ¿Por qué no hemos de tratarnos como antes? ¿Qué tal estás?

Amparo: Yo... ya... ves... como siempre.

Asunción: Como siempre non, neña, que ya creciste un pocoñín de nueve años a esta parte. Pero ahora que me acuerdo, ¿cómo está tu madre?

Amparo: Está un poco mejor. Muches gracies.

Emilio: Pues, ¿qué la pasa?

25

Asunción: ¿Non sabes que la madre de ésta está impedida fai dos años? Ahí donde la ves, está sola ye la que sostién la casa, pues non sé si sabrás que el probe Antón fai tres años que murió.

Emilio: Me lo dijo mi padre ayer, al preguntarle por la gente de aquí. Oiga, madre, me quiere hacer el favor de traer una botella de sidra. ¡Hace ya tanto tiempo que no la pruebo!

Asunción: Sí home, sí. Ahora mismo *(A las otras)* ¿Non vino Lola toavía?

Pilar: No señora.

Asunción: ¡Bueno, a esa neña voy a dejala el mejor día sin pelleyu! Non la hay más sinvergüenza en el mundo. ¡Quies creer que la mandé, fai lo menos media hora, ahí a la esquina a llevar un recao, y toavía non apaeció! ¡Tien toos los defeutos: burra, folganzana, ecétre, ecétre! ¡Tú non sabes lo que me fizo el otru día! *(A las demás que se ríen)* Sí reívos, que a mí maldita la gracia que me fizo.

Emilio: ¿Qué ha sido?

Amparo: Non, yo non te lo cuento, porque cada vez que me acuerdo, subéseme la sangre a la cabeza. Voite yo misma por la sidra. *(Haciendo mutis)* ¡Arrenigo, arrenigo! ¿Ónde habrá ido esa rapaza?

Escena Sexta
Dichos, menos Asunción

Emilio: Que carácter el de mi madre. ¡Es una pólvora! Porque la chiquilla esa a mí me parece muy lista. ¿Qué fue lo que ocurrió el otro día? Seguramente la cosa no tendría importancia. Ahora que mi madre exagera tanto las cosas...

Amparo: Verás, ya te lo contaré. El otru día trajeron pa hacer una chaqueta de casa de doña Rosario, la del prácticu. ¿Acuérdeste de ella?

Emilio: ¿Aquella que nos daba rosquillas, cuando la hacíamos recados?

Amparo: La misma. Pues verás. Como teníamos muchu apuru, porque los sábados hay mucho qué hacer, tu madre mandoi a Lola que picase el cuello de la chaqueta. Tú non sabrás lo que ye picar un cuello, ¿verdad? Pues ye coselu con puntaes muy menudes pa que arme con les solapes y quede tiesu. Non sé si me entenderás bien.

Emilio: Sí, perfectamnte. Sigue.

Amparo: Bueno, pues Lola cogió el cuello, sentóse en aquel rincón, y estuvo más de una hora, cose que te cose, al parecer. Terminamos nosotros, y, cuando tu madre pidiói a Lola el cuello, por poco muere del sustu. Como había mandao que lu picase, nin corta ni perezosa, cogió unes tijeres y... ¡cortólu tou en cachos pequeños, pequeños!

27

Emilio: Ja ja. Tiene gracia la cosa. Supongo que mi madre se pondría...

Amparo: Como que, si non escapa, matala. Lo más célebre ye lo que decía la rapaza: "No me mandó picalu, pues yo piquelu."

Emilio: ¡Pobrecilla!

Luisa: Lo más gracioso fue lo que dijo el señor Juan al sábelo.

Emilio: ¿Mi padre?

Luisa: Su padre.

Emilio: ¿Qué dijo?

Luisa: Pues dijo: "Menos mal que lu picó con les tijeres, si llego a ser yo, picolu son un hacha.

Emilio: Tiene gracia.

Pilar: ¿Quién, el señor Juan? Ya lo creo que tien gracia.

Luisa: El otru día llegó algo ajumau y diciendo que too i daba vueltes. En esto, empezó un organillo a tocar aquí enfrente el chotis esi de "Que non pue ser, que non pue ser, bailar sin el chotis sin vueltes al revés", y empeñóse en bailar con tós, diciendo que era pa ver si se desmareaba. Y el desmareamientu fue que a la segunda vuelta estaba en el suelu, tan llargu como era, y diciendo: "Que non pue ser, que non pue ser, bailar un chotis, acabantes de beber." *(Comentarios y risas. [A Lola)* ¡Ya fuiste ahí!

Lola: Non me atreví.]

Emilio: ¿Quién cantaba antes?

Luisa: Era ésta.

Pilar: No haga casu, fue ésta. ¿Molestamoslu?

Emilio: Al contrario, las oí con mucho gusto, y con gusto las volvería a oír. ¿Por qué no repiten lo que cantaban? ¡Ande usted, Pilar!

Pilar: No, yo tengo mala voz. Que cante Amparo. que lo fai muy bien.

Amparo: Non hagas casu, Emilio, son bromes de éstes.

Pilar: Diga que sí. Sabe unos cantares más guapos. ¡Anda, muyer, cantai el cuplé de les modistes!

Emilio: ¿Qué cuplé es ese?

Pilar: Uno que fizo un primu de ésta, que ye ferreru.

Luisa: Fizolu a martillazos. ¡Tien unos golpes! ¡Anda, cantalu, muyer!

Amparo: Dame vergüenza.

Pilar: Pa que non te dé vergüenza, acompañamoste nosotres.

Todos: Eso, eso.

Emilio: ¡Bravo, bravo! ¡Magnífico coro!

Oficiala: ¡Ay, qué lástima! Yo non voy a poder.

Emilio: ¿Por qué?

Oficiala: Porque mandóme la maestra ir por agua al cañu.

Luisa: Ye lo mismo. Así andes del coro al caño, y del caño al coro.

Oficiala: Ye verdá, voy por ella después.

Amparo: Pues siéntate ahí y escucha que te lo vamos a cantar como en les operetes.

Música

29

Amparo: Les modistes de Gijón,
cosa más rara,
son tan guapes de cuerpo
como de cara.
Por la manera de andar,
por el saleru
no hay cosa más guapa
en el mundo enteru.
Ay, les modistes.
Ay, les modistes.
Que en todo el mundo
no les hay más listes.

Emilio: Muy bien, muy bien; admirable. Amaparo, eres una tiple magnífica. Y ustedes unas segundas tiples deliciosas.

Luisa: ¿Qué i paeció el coro?

Emilio: ¡Un coro de ángeles!

Luisa: ¡Bah, bah, música celestial! ¡Ya será algo menos.

Pilar: Neñes, vamos a trabayar; non vaya a venir la maestra y nos arme una, [y yo voy al recao.]

Emilio: Lo siento, porque esperaba la repetición.

Amparo: Pues confórmate, que pa lo que pagaste. Ahora tú a leer, y nosotres a coser. *(Se sientan todas, y reanudan la labor)* ¡Ay, pero si, ahora que me acuerdo, tenía que subir algodón, y olvidóseme! ¡Voy por ello a la tienda en un momento! Enseguida vengo. *(A Emilio)* ¿Necesites algo?

Emilio: Nada, si encuentras a mi madre, la dices que suba pronto con la sidra.

Amparo: Desccuida, que si la encuentro, ya i diré que estás secañosu.

Escena Séptima
Emilio, Pilar, Luisa y Oficialas

(Pausa corta)

Emilio: ¡Caramba! Qué mujer más bonita se ha hecho Amparo.

Pilar: Sí, y ya ve. Tan guapa, y con tan poca suerte.

Emilio: Poca suerte, ¿por qué?

Pilar: Pero, ¿usté no está enterau de lo que i pasa?

Emilio: Como usté comprenderá, habiendo llegado anteayer, no he tenido tiempo de enterarme de muchas cosas.

Pilar: Pues verá, yo i lo contare. Hará cosa de tres años, Amparo conoció a un rapaz de aquí, un tal Pepe. Non sé si usté se acordara de él. Ye fíu del guarnicioneru de la esquina.

Emilio: Sí, me acuerdo sí. Un muchacho de mi tiempo, muy travieso, por cierto.

Pilar: El mismu. Bueno, pues, como i decía, esi rapaz conoció a Amparo, cortejóla, ella fizoi casu y estuvieron en relaciones lo menos dos años, al cabo de los cuales... lo de siempre... el hombre ye fuego, la muyer estopa... vien el diablu y... too lo estropea. Total, que Amparo

31

tuvo una neña y, cuando toos creíamos que el rapaz se casaría con ella, dio media vuelta. ¡Y tú que lu viste! Estuvo fuera un añu y cuando volvió ni la miraba siquiera. La probe Amparo fue a ver al padre de él, y el muy sinvergüenza del guarnicioneru contestoi que él también tenía fíes, y que miraba por elles, que hubiese tenio su madre más cuidao, que el su fíu non se casaba con una cualquiera. La infeliz qué iba a facer. Non tien en esti mundo más que a la madre y ya pue comprender, que en esti mundo no facen naa dos mujeres soles.

Emilio: Pero, ¿no tiene aquí ningún pariente, nadie de familia?

Pilar: Tiene unes primes en Barcelona y un tíu en Alcalá y, usté ya sabe, que él que tien un tíu en Alcalá…

Luisa: Ni tien tíu ni tien naa.

Emilio: ¿Y la niña?

Pilar: La probiquina fizoi Dios mil bienes. Murió a los dos meses. ¡Pa tener tan mala suerte como la madre, está bien por allá! Y esta ye la historia. ¿Qué i paez?

Emilio: ¿Qué quiere usted que me parezca?…

Escena Octava

(Se oye de pronto un gran escándalo fuera, y las voces de Asunción y el señor Juan)

Asunción: *(Fuera)* Si ya lo decía yo, si ya lo sabía yo.

Juan: Bueno, bueno; calla la boca.

Luisa: Ahí está el señor Juan. No i lo decíamos nosotres, ya lu verá seguramente. Vien ajumau. *(Entran Amparo, Asunción y el señor Juan. Asunción viene empujando a Juan)*

Asunción: ¡Anda pa adelante, sinvergüenza, que no tienes vergüenza ni quien te la puso!

Juan: Antes de que sigas hablando, voy a hacete una advertencia. Pues decir too lo que te dé gana, pero non faltes a quien me dio el ser...

Asunción: ¿El ser? ¡El ser un borrachu!

Juan: Hablo de otru ser que tú no entiendes. Al que me dio el ser y me puso la vergüenza. (Porque, aunque tú no lo creas, yo tengo vergüenza.) Al que me dio el ser, te digo, cuidado con faltai.

Asunción: Pues si te la pusieron non se conoz. Si no, non veníes por la calle en eses traces.

Juan: ¿En qué traces? Vengo como tou ciudadanu formal y consecuente de sus actos. ¿Falté yo a alguien? Yo creo que non falto a nadie. Además, cada ún fai de su capa un abrigu. ¡Conque ya está!

Asunción: ¿De moo que tú non puedes salir de casa una vez tan siquiera que no vengas de mala manera? ¿Non sabes andar por ahí en sin metete a la sorbiata?

Juan: Yo bebo en casa y fuera de casa. Non quiero ser como tú, que toes les mañanes caleste al anís que tienes guardao, y si alguno te ve, dicesi que ye pa quitar el flatu. ¡Yo, yo tengo flatu a toes hores! ¡Además, el hombre que non bebe

33

nin fuma tabaco, llevalu el diablu por otru bujeru!

Asunción: Pero tú non yes un hombre, yes ¡un llagar!

Juan: Habla bien, habla bien; non vaigan a creer estes rapaces lo que non ye. *(A Emilio)* ¿Qué hay, chacho? ¿A que non sabes de ónde ye esto? *(Cantando)* "Costas las de Levante..."

Emilio: Vamos, padre; váyase a su cuarto, no dé el espectáculo.

Juan: ¿Por qué doy el espectáculo? Yo, maldito si me meto con nadie. Eso too ye tu madre, que en cuanto me ve ya me está armando un escándalo. ¡Toa ye ruidu! Paez la telefonía sin filos esa que descubrieron ahora.

Asunción: Eso quisieres tú, sinvergüenza, que yo me callase y te consintiera pasar con too. ¡Pero límpiate, que estás de güevu!

Juan: *(Mirándose)* ¿Yo? ¿Por ónde? Estaré manchau de oriciu, porque güevu non lo probé.

Asunción: *(A los demás, que se ríen)* Sí, reívos, reívos. Eso quier, que i riáis les gracies.

Juan: Non, boba, pasaremos la vida como tú, tou el día gruñendo. Ya se conoz que estás asociá a la Propicia.

Asunción: ¡Mira, quítateme delante, quítateme delante, porque cojo la escoba y caliéntote por fuera más de lo que estás por dentro! ¡Borrachón!

Emilio: *(Aparte, a Asunción)* Yo creo, madre, que las cosas no se arreglan de esa manera. Verá usted como yo le convenzo. *(A Juan)* Vamos, padre,

34

váyase dentro, que ahora voy yo. Tengo que hablar con usted.

Juan: Voy, voy. Pero conste que marcho, porque me lo mandes tú, non porque me lo diga ésta. Yo obedezco siempre al sexo masculino. ¡Oístelo! Y conste que yo no estoi embriagau, ni quiera Dios que lo esté. Un poco ajumau, sí estoy. Hay mucha diferiencia entre un embriagau y un ajumau. Además, la sidra da fuerza, vigor, salud, ecétre, ecétre. ¿Non recomienden los médicos comer manzanes en ayunes? Pues yo comoles converties en sidra, ¡y tan guapu! ¡Ya me veis! ¡Fechu un mozu! En cambio, ahí tenéis a doña Marimanta. ¡Fecha una calamidá! ¡Fua! ¡Viellonzona! Claro, de joven no se arrepara, y al cabu de los años arrepárase, y entonces tien uno que garrase a lo primero que alcuentra. (Y lo primero que encuentra es la botella que está sobre la mesa.)

Asunción: ¡Lo primero que alcuentres tú ye la botella, sinvergüenza! ¡Suelta, que ye del tu fíu! ¡Suelta!…

Juan: ¡Suelta tú, que me estás mancandu en un deu! Además, non creí que era la botella, pensé que era la palmatoria.

Asunción: Tú pensaste que era la empalmatoria pa empalmar la borrachera.

Juan: Bueno, voy pa dentro, porque non quiero perdeme, pero conste que marcho porque me lo manda ésti, non porque lo ordenes tú.

¿Oístelo? ¡Qué voy pa dentro, porque non quiero perdeme!

Asunción: Non te pierdes, non tengas cuidado. A ciegues vas tú derechu a la cama. ¡Anda pa alante, manguán! ¡Anda pa alante!

Emilio: Sí, padre; váyase.

Juan: Sí, voy; pero que conste que marcho porque lo mandes tú. *(Mutis)*

Asunción: Ya lu veis, no hay quien pueda con él.

Juan: *(Saliendo)* Y conste que marcho…

Asunción: *(Dándole un empujón)* Porque te lo mando yo…

Juan: ¡Habelo dicho antes! *(Mutis definitivo)*

Escena Novena
Dichos, menos el señor Juan

(No bien ha desaparecido el señor Juan, hay gran algazara. Las modistas ríen a carcajadas, y Emilio no puede contener la risa)

Asunción: Eso ye lo que lu pierde a él, les rises vuestres. Claro, cuanto más folixa ve, más ruidu arma él.

Emilio: Hay que reconocer que el pobre no se mete con nadie.

Asunción: ¡Ay, monín! Si lu tuvieres que aguantar como yo tou el santu día. Y cuando por les noches y da esa maldita tos que no i deja pegar güeyu. ¡Esi catarru crónicu va acabar con él!

Emilio: Ya le dio usted el jarabe que le ha traído.

Asunción: ¿Day el jarabe? ¡Ónde se puede, probín! Puseme a dailu el otru día, y aventómelu diciéndome que no hay medicina mejor que una botella sidra. ¡Corre a day jarabes!

Escena Décima
Dichos y Lola

Lola: *(Entrando)* Díjome la fía de…

Asunción: Oye tú, sinvergüenza. ¿Fuiste a la Habana a llevar el recao?

Lola: ¡No había barcu hoy! Ye que non me atrevía a picar por mieu al perru, y esperé a que saliera alguno de la casa pa deciilo. Concha díjome que vendría sin falta esta tarde.

Asunción: Pues otru día entres con perru y too. ¡Bah, bah, con la neña ésta, qué modo de tardar! Si lo faces así el día que te cases, cuando vuelvas de la iglesia vuelves con nietos.

Lola: Ya la quisiera yo ver a usté delante de un perru tan grande como un burru y ensoñandoi los dientes así. ¡Am, am!

Asunción: Non será tanto, non será tanto. ¡Ay, qué se me olvidaba! Espera un poco. *(Medio mutis)*

Emilio: ¿Dónde va usted?

Asunción: A ver si se acostó tu padre, que ye lo que suele facer siempre que vien así. Y… a… otra cosa. *(Mutis)*

Pilar: Ya sé lo que va a hacer.

Emilio: ¿Qué?

Pilar: Ahora lo verá.

Asunción: *(Sale llevando la chaqueta y el chaleco del señor Juan)* Así. ¡Ahora fai lo que te dé la gana! Tengo que cogei la ropa, porque si non, en cuanto me descuido, ya está en la calle y non vuelve hasta les dos de la mañana. Así non marcha. *(Registrando los bolsillos)* ¿Qué ye esto? *(Saca una postal)* La Raquel Meller en "Violetas Imperiales". ¡Violetes Imperiales! ¡Flor de malva te fai falta a ti pal catarru, sinvergüenza! ¡Si non, mira que…! Bueno, neñes, dir recogiendo, que ya ye tarde. *(Las oficialas van recogiendo)* Ah, y ya sabéis, mañana venís un poco primero, que tenemos mucho que hacer y no quiero tenelo atrasao.

Pilar: Bueno, hasta mañana; buenas tardes. *(Haciendo mutis)*

Otras: *(Ídem ídem)* Buenes tardes.

Asunción: Adiós, neñes, hasta mañana.

Emilio: Hasta mañana.

Asunción: Bueno, voy pa dentro, que toavía no hice naa de la casa. *(Mutis)*

Escena Undécima
Amparo y Emilio

Emilio: *(Después de una pausa)* ¿Qué, no te marchas?

Amparo: No, tengo que terminar esto; como llegué un poco tarde.

38

Emilio: ¿Vives dónde antes?

Amparo: No, ahora vivo en la travesía de aquí al lao. Como mi madre está así, no quiero estar muy lejos de ella mientras vengo a coser.

Emilio: ¿Y qué es lo que tiene tu madre?

Amparo: Los médicos dicen que el corazón no está naa bien. Además, el dichosu reuma no la deja casi andar. El casu ye que nadie i acierta de fijo con lo que tien. Ya llevamos gastao un capital en botica, y total naa. Yo creo que cada día está peor.

Emilio: Pues mira, si quieres, yo puedo hacer que la vea un muchacho amigo mío que vino cuando yo en el barco. Es un médico americanu muy inteligente. Quizás él acierte con el mal. ¿Quieres que le avise?

Amparo: Yo, por mí, que más quiero, pero tengo que deciilo a mi madre, ¿non te paez?

Emilio: Como quieras, y si accede me avisas para ir a buscar a mi amigo. Por cierto, que, en cuanto te vea, se va a enamorar de ti, porque hay que ver, Amparo, que estás bonita de verdad.

Amparo: ¡Bah, bah! ¡Non seas bobu! ¿Vas echame tú flores?

Emilio: ¿Qué tiene de particular?

Amparo: Como tener non tien naa ya lo sé, pero…

Emilio: Pero, ¿qué?

Amparo: Naa, son bobaes míes. *(Ligera pausa)*

Emilio: Y que… ¿Tienes novio?

Amparo: Mira, Emilio, voy a pedite un favor... No me hables de eso; pidotelo por lo que más quieras.

Emilio: Vamos a ver, mujer. ¿Quieres que hablemos con toda franqueza?

Amparo: ¿De qué?

Emilio: De eso que acabes de decir ahora. Del novio.

Amparo: ¿Del noviu?

Emilio: Sí, del novio. Yo sé el motivo de tu súplica. *(A un gesto de ella)* Sí, mujer, no te asustes. Me lo han contado todo. Sé todo lo ocurrido y tu desgracia. ¡La eterna historia! Pero no te apures, ya se arreglarán las cosas.

Amparo: No lo creas. Esi no vuelve, no lu conoces bien. Mira; jurótelo por lo más sagrao. ¡Quíselu con toda mi alma! Ya ves, fue el primer hombre que supo hablame de amor. Quíselu de verdá, pero tanto como lu quise, tanto lu aberrezco.

Emilio: Bah, eso lo dices ahora, que estás indignada con su proceder, pero cuando lo veas volver a ti, amarte como siempre, dispuesto a reparar su falta, ya verás cómo se te quita todo ese rencor.

Amparo: No, Emilio, no. Fue un canalla pa mí. Cuando ya tuvo de mí lo que quiso, empezó a aburrise, a faltar poco a poco; primero un día, luego dos, despuées una semana, hasta que, por fin, no volvió. Supe que había marchao fuera. Volvió cuando se enteró de que había muerto la mi fía del alma. ¡Cuando vio que ningún lazu

40

lu ataba a mí! Por ahí anda con unes y con otres. ¡Tengo sufrido tanto, tengo llorao tanto, que ya ni lágrimes me queden!

Emilio: ¿Y no has intentado verle, hablarle?

Amparo: Ya lo hice una vez, pero contestóme que su padre se oponía a que nos casásemos, y que, mientras el padre viviese, no podía hacer naa por miedu a que lu desheredase. ¡Ay el dinero, el malditu dinero! Si no fuese por mi madre, otra cosa hubiese sido. Esi canalla no se reía de mí. ¡Júrotelo!

Emilio: Se me está ocurriendo una idea que quizás podría arreglarlo todo. Él, ¿es celoso?

Amparo: ¿Celosu? ¡No lu había más! Cuando salíamos juntos no podía saludar a ningún rapaz conocíu, porque enseguida teníamos una riña.

Emilio: Pues entonces viene de perlas para lo que se me está ocurriendo. Ahora que no sé si tu estarás conforme con algunas condiciones.

Amparo: Según lo que sea.

Emilio: Vamos a ver. ¿No dices que Pepe es muy celoso?

Amparo: Sí.

Emilio: Bien, pues la manera mejor de atraerle, es dándole celos. Si él tiene interés por ti (que supongo lo tendrá) entonces vuelve. Tenlo por seguro.

Amparo: Pero, ¿cómo vamos a hacer?

Emilio: Pues muy sencillo. ¡Haciéndote tú novia mía!

Amparo: ¡Cá! ¡Eso sí que no!

41

Emilio: ¿Por qué, mujer? ¿Tan despreciable soy?

Amparo: Paeces bobu. No lo digo por eso, dígolo porque Pepe tien muy mal geniu, y a lo mejor podía tomales contigo; non sabes tú bien de lo que ye capaz.

Emilio: No tengas cuidado, que no ocurrirá nada. Deposita tu confianza en mí, y deja las cosas venir solas. Yo te juro que poco he de poder, o restituyo ese hombre a tu lado.

Amparo: Mira, Emilio, pídotelo por favor, no hagas nada, va a ser inútil.

Emilio: Perdona que esta vez no te haga caso. Tú limítate a hacer lo que yo te indique. Verás; dentro de dos semanas es el santo de mi madre. Ella quiere celebrarlo, aquí en casa, con todos nosotros. Tengo un proyecto que, si me resulta, ese día hago que Pepe vuelva a ti.

Amparo: Non sabes lo que te agradezco lo que haces por mí, pero ya te digo que lo veo algo difícil. Non conoces a Pepe.

Emilio: ¡Torres más altas han caído! *(Pausa)*

Amparo: ¿Qué hora será, sabes?

Emilio: *(Sacando el reloj)* Las siete menos cuarto.

Amparo: ¡Jesús, qué tarde! Marcho que tengo que dai la medicina a mi madre. *(Al paño)* Adiós, maestra; hasta mañana.

Asunción: *(Dentro)* Adiós, Amparo; hasta mañana.

Emilio: Conque ya lo sabes, desde hoy somos novios. A ver cómo te portas; no tenga yo que reñirte.

Amparo: No tengas cuidado que seré una novia bien formal.

Emilio: Bien, pues hasta mañana.

Amparo: *(Haciendo mutis)* Hasta mañana.

Emilio: *(En la puerta, viéndola marchar)* ¡Qué bonita, pero qué bonita, se ha puesto esta muchacha! *(Mutis lateral izquierda. Queda la escena sola unos momentos. Al poco rato sale el señor Juan por el lateral izquierda sin chaqueta ni chaleco)*

Juan: ¡Claro! Ya me paecía que era mucha limpieza de ropa. No hay una vez que no me acueste que non me desaparezca la chaqueta y el chaleco. Pero yo soy muy cuco y ya adivino el porqué de esta sustración u hurto. Eso ye cosa de la mi muyer. Lo que dirá ella: "Esi sin chaqueta non va salir." *(Buscando)* ¿Ónde la habrá puesto? Non, pues yo en casa no me quedo, porque me está esperando Gervasio pa dir a comer unes amasueles. ¿Cómo me arreglaré yo? *(Reparando en una chaqueta de señora que hay en un maniquí)* ¡Ya está! Ahora verás si salgo o non salgo. *(Se pone la chaqueta. Haciendo mutis)* ¡Pa les amasueles, Xuan!

TELÓN RÁPIDO

FIN DEL ACTO PRIMERO

ACTO SEGUNDO
Cuadro Primero

Telón corto de calle

Escena Primera
Narciso, guardia de orden público

(Sale lateral izquierda con un libro en la mano)

Narciso: *(Leyendo)*

> Yo traigo el alma llena de esa hierba
> maldita;
> ha brotado lozana en forma de rencores,
> y perfila las losas de mis muertos amores.

¡Bah! Tonterías de poetastros de más o menos cantidad celebral. ¿Quién será este autor? *(Leyendo)* ¡Ramón Pérez de Ayala! ¿Pérez de Ayala? Allá la familia lo conecerá. Yo no lo conozco. Será un pinchatinteros, como muchos, un cualquiera, porque, a decir verdad, yo no veo aquí señal alguna de poeta. ¡Hay que ver las consonantes que se gasta el tío este! *(Lee)*

> En el hueco profundo
> de sus negras pupilas,
> al espejar los vidrios
> el ocaso distante,

tienen ácueos destellos...

¡A ver, a ver! ¡Tienen ácueos destellos...!
¡Ácueos! ¡Caramba, esto sí que es raro!
¡Ácueos! ¡Ah, vamos! Ya está. Esto es un
triptongo. A-cue-os. ¡Claro! Es triptongo
porque se compone de tres sílabas. Cuando se
compone de dos es digtongo... y mondongo
cuando se compone de una. Gracias a mi
extensa cultura puedo analizar y juzgar con
imparcialidad a tanto ignorante que pasa por
genio. Yo ya sé que a veces los defectos que
encontramos son erratas de imprenta, de lo
cual no tiene la culpa el autor. Por ejemplo...
Aquí está. *(Mirando un libro)* Doloras —
Campoamor. Yo no conozco a ninguna doña
Doloras ni señá Doloras. Es Dolores
Campoamor, alguna pariente suya. ¿Y lo que
mienten algunos poetas? Yo leí una vez un
verso que decía: "Son tus labios un rubí,
partido por gala en dos." Pues bien, yo antes
iba con mucha frecuencia a tomar un taquín en
cá Gala, y nunca supe que la tal Gala partiese
los rubíes en dos. Algún chorizo o pollo,
quizás...-Sin embargo, a los autores de estas
barbaridades se los admira, y en cambio a mí se
me ignora, a pesar de ser autor de aquella
famosa composición premiada con la flor
cordial natural en unos juegos florestales
celebrados en Cudillero, mi pueblo nativo,
habiendo sido además nombrado hijo

46

prematuro de la localidad, y que dicen así.
(Recitando)

A la mujer, la más grande maravilla
del universo celeste y terrestre.

Cuando Dios tuvo
la feliz inspiración
de dedicarse entero
a la creación
Nunca cosa mejor pudo al hacer
que crear un ser tan bello
como la mujer.

Construida de rosas y jazmines
recogidos de todos los jardines
y con nieve, tomillo y flor de higuera
así se hizo la mujer primera.

¿Qué es la cosa más bella de la vida
si no ver la mujer que está crecida?
Y que tienen en su cara los colores
que buscaron Esopo y otros pintores.

Pero entre tanto, Narciso, tienes que dedicarte
a seguir velando por la tranquilidad pública,
que es el principio de autoridad, para conservar
el orden… y para conservar mi sueldo que, si
no es el principio, es por lo menos la sopa y el
cocido. ¡Ah, pero el día que yo salga del
escurantismo!… Ese día, las generaciones

venideras no tendrán más remedio que reconocer mi talento, mi valía, y aclamarán como se debe a Narciso Medilunga. *(Declamando)*

¡Oh, ingrata humanidad,
qué ciega eres,
que no ves a los hombres
de valores.

Y cuando llegue el día en que pueda dedicarme a mis aficiones tranquilo y dichoso, me iré a vivir al campo, y allí recordaré los versos del immortal Campoamor. *(Haciendo mutis)*

En esta apartada orilla
más pura la luna brilla
y se respira mejor. *(Mutis)*

Escena Segunda
Pepe y Celesto

Pepe: Que no, hombre; non te creo y non te creo.

Celesto: Tu no me creerás, pero lo que te digo ye tanta verdá como que yo me llame Celesto.

Pepe: Pero ven acá, so primo. Tú crees que voy a hacer casu de eso que me dices, ¡trolero!

Celesto: ¿De qué, muchachu? ¿De qué Amparo, la que fue novia tuya, anda ahora con Emilio, el americanu? Si non ye verdad, que me coja.

Pepe: Pues yo dígote que too eso ye mentira. ¿Non sabes de sobra que Amparo al únicu hombre a quien quier ye a mí? No estás enteraru de que, aunque pasó lo que pasó, el día que a mí me dé la gana, fíjate bien, el-día-que-a-mí-me-dé-la-gana... en cuanto yo diga una palabra, vien a mí como una cordera.

Celesto: ¡Pues paezme a mí que esa cordera encontró un pastor!

Pepe: Pero, vamos a ver. ¿A ti quién te lo dijo?

Celesto: Quien lo sabe bien. Díjome que son novios desde haz poco tiempu. Que toos los días, al salir del taller, la acompaña él hasta casa, y que el jueves pasau fueron los dos juntos a ver a la madre de Amparo, que se había puesto peor. Conque, ¿qué te paez, creesme o no?

Pepe: No, no te creo.

Celesto: Pues mira, vete a preguntailo a ella; a ver si ye verdá.

Pepe: Too eso tengo yo que velo con mis propios ojos. Pero también te digo una cosa. Como sea verdá, que se prepare Emilio. ¡Esi vuelve pa la Habana, pero más deprisa de lo que vino!

Celesto: ¿Y a ti que más te da? ¿No decíes que Amparo y tú habíeis terminao? Entós, ¿a ti que te importa too esto?

Pepe: Si me importa o no me importa, a ti no te importa.

Celesto: ¡Caray, qué importancia!

Pepe: Yo sé lo que me digo. Quiero demostrai a esi 'americanu del pote' que a mí no se me deja

49

mal con ninguna muyer. Conque ya lo sabes. ¡Amparo vuelve conmigo cuando me dé la gana, o dejo de ser quien soy! Y después, cuando se convenzan de que al únicu hombre que quier ye a mí, que se quede sin ninguno, pa que no vuelva otra vez a hacese la mártir.

Celesto: Eso paezme a mí que ye una acción muy fea.

Pepe: De mí no se ríe ninguna tonta. ¡Entiéndeslo! Y a esos presumíos que, porque hicieron un viaje, ya creen ser los amos del pueblu, hay que enseñayos a respetar les mozes de los demás.

Celesto: ¡Má, chacho! ¿Picóte la tarántula? Paez que te hicieron dañu les noticies.

Pepe: ¿A quién? ¿A mí? Vuelvo a decite lo de antes. El día que a mí me dé la gana, non tengo más que abrir la boca, y Amparo cae aquí. *(En los brazos)*

Celesto: ¿En dónde?

Pepe: Aquí, en los mis brazos, más enamorá que nunca.

Celesto: ¿En qué, hom? ¡Eso leístelo en el "Conde de Montecristo"!

Pepe: Naa, lo que te digo. Y si no, al tiempu. No deseo más que encontramelos delante para deciyos cuatro coses que tengo pensao.

Celesto: *(Mirando al lateral derecha)* Pues más a propósito nunca. Mira, ahí los tienes. ¡Anda, valiente!

Pepe: Cuanto me alegro hombre. ¡Pero espera, no; no me convien! Tengo un proyetu… Ven conmigo.

Celesto: Lo que tú tienes no ye un proyetu, ye otra cosa. *(Mutis)*

Escena Tercera
Amparo y Emilio

Emilio: Pero, mujer, deshecha esas ideas. Parece mentira.

Amparo: Que quies, Emilio, no lo puedo remediar. Tengo muchu miedu.

Emilio: Pero miedo, ¿de qué?

Amparo: De que esi quiera hacer una de les suyes. No lu conoces bien.

Emilio: Nadie se come a nadie. ¿No nos ha visto todo el mundo pasear juntos? ¿No hemos ido el domingo al teatro? ¿No nos han visto allí? Seguramente que él estará enterado a estas horas de todo esto. Y vendrá, ya verás como viene. Y te pedirá perdón, y se casará contigo, y seréis muy felices, y yo también, porque habré cumplido con mi deber, con un deber de amigo. Pero si es al contrario, si no viene más que con el propósito de hacerte objeto de una burla, yo le enseñaré dos lecciones pa que no se le olviden nunca.

Amparo: ¡Qué gran corazón tienes, Emilio! Tú sí que mereces ser feliz.

51

Emilio: Y lo seré, no te quepa duda. Cuando encuentre una mujer, pongo por ejemplo, como tú…

Amparo: ¡Bah! Como yo hay tantes en esti mundo.

Emilio: Las habrá, no lo pongo en duda, pero la dificultad consiste en hallarlas. *(Iniciando la marcha por el lateral izquierda)* ¿Quieres que dejemos esta conversación y hablemos de otra cosa?

Amparo: *(Deteniéndole)* ¡No, por ahí no, por Dios!

Emilio: Pero, ¿por qué?

Amparo: Porque por ahí está el chigre donde va muches veces Pepe, y no quiero que nos encontremos con él. ¡Por Dios te lo pido, da la vuelta!

Emilio: Como quieras, mujer, pero te repito que no tengas miedo; ya verás cómo todo se arregla satisfactoriamente. *(Mutis lateral izquierda)*

Amparo: Ya no sé si deseealo o sentilo.

Escena Cuarta
Pepe y Celesto

(Pepe, queriendo ir detrás de ellos. Celesto le detiene, cogiéndole por la chaqueta)

Celesto: Pero, ¿ónde vas, hombre?

Pepe: Déjame, déjame.

Celesto: ¿Que te deje? ¡Sin huesos! Vaya, vaya; no hagas bobaes.

Pepe: Déjame, que i voy a decii a esi cuántes son dos y tres…

Celesto: ¡Cinco! Eso ya lo sabe él.

Pepe: Pue que no lo sepa bien del too.

Celesto: Pero ven acá, zoquete. Que adelantes con armar escándalo en la calle. ¿Qué te lleven al cuartón? Haz lo que yo te digo. Güeyu por güeyu, y diente por diente. Y si no te resulta bien, que me coja un tranvía.

Pepe: Pues hoy está la tarde pa encuentros. Mira quien apaez por allí.

Celesto: ¡Contra! Ye verdá. ¡El señor Juan! A ver cómo lu torees.

Pepe: Dejamelu a mí.

Escena Quinta
Dichos y el señor Juan

Juan: *(Sale con varios paquetes en la mano y con una botella en el bolsillo de la chaqueta)* ¡Paezme que non se me olvida naa! *(Mirando los paquetes)* La botella de Jerez. Los dulces… la botella de Jerez… les aceitunes… la botella de Jerez… los bizcochos… y la botella de Jerez. ¿Llevo la botella de Jerez? Sí, aquí está. Non se me olvidó naa. Total siete noventa y cinco. Digoi a la mi muyer que me costó too nueve pesetes y guárdome el restu, de comisión. ¡Hay que ser vivo! Pero, ahora que reparo. ¡Mira quién está ahí! Pepe y Celesto. Non pueden venir más a propósito pa dayos el encargu que me dio Emilio. ¿Pa que querrá que los convide a estos a dir esta noche a casa? Bueno, yo con decilo, cumplo. ¿Qué hay, chachos? ¿Qué tal vos va?

Celesto: Hola, señor Juan.

Pepe: Buenes tardes.

Juan: Buenes tardes, chachos. Ya vos veo, tan gayasperos como siempre. A esti paez que lu veo un poco ruín. ¿Estás malu?

Celesto: Non ye naa. Un mosquitu que lu picó fai un momento.

Pepe: ¡A ver si te doy una torta!

Juan: Pues pa les picadures de mosquitos, o pa cuando se siente uno un poco malo, que tenga floxedá o calentura, no hay cosa mejor que echase al coletu en ayunes una botella sidra. ¡Mano de santu!

Celesto: Según eso, usté debe estar malu toos los días, porque por la mañana ya está soplando.

Juan: Non. Yo tomolo antes de estar malu. Como si me vacunase. Y si non, atendei un poco y convenceivos.

Música

Cuando tengo alguna pena
con la sidra me la curo.
Si estoy malu, bebo sidra
y me alivio de seguro.
Con la sidra, y esto es cierto,
me he curado en ocasiones,

54

y un doctor ha descubierto
que hasta resucita a un muerto
si se aplica en inyecciones.

Todu el que se ajuma
inviernu y veranu,
non vos quepa duda,
ye el que está más sanu.

Por ahora, fai un añu,
que pillé una pulmonía,
y los médicos estaben
tan seguros que moría.
Pero yo, que estaba fartu,
de tantísima medicina
llamé a la muyer al cuartu
y mandei fuera en un saltu
a por una botellina.

Tome dos culinos
de casa el Polesu
y a los diez minutos
estaba tan tiesu.

La muyer de Nicomedes
tien antojos singulares,
pero toos estos caprichos
son coses muy naturales.
Según dijo Nicomedes,
el padrino voy a ser,
ya que fue madrina de otru

Asunción la mi muyer.

Y en los biberones
que tome el chaval
habrá, en vez de leche,
sidra natural.

Bueno, chachos. Como hoy ye el santu de la mi muyer, hay un poco de fiesta en casa. Cuento con vosotros, ¿eh?

Celesto: Esi non puede ir, está malu.

Pepe: Quien te mete a ti en lo que no te importa

Celesto: Pero...

Pepe: Naa. Calla la boca. Cuenta con nosotros.

Juan: Non. Yo, si estás malu, aconsejote que non vayas.

Pepe: Ye un poco dolor de cabeza, pero ya va pasando.

Juan: Tengo yo muy buenes medicines en casa.

Pepe: Pues entós naa más. Hasta la noche, señor Juan.

Celesto: Hasta la noche.

Juan: Que no me faltéis.

Pepe: Descuide.

Juan: Que a mí no me gusta que me falte nadie.

Celesto: No tenga cuidado. Adiós, hasta la noche.
(Mutis)

Escena Sexta

Juan: Non sé porque se me figura que estos rapazos van a pillar esta noche una indigestión de chuletes, tortes y capones que no va a haber Carabaña bastante pa ellos en tou el pueblu. Yo, en cambio, voy a gozala como un verderón. ¡Qué folixa vamos a pasar! Traemos un fra... grá... fro... Un cosu de esos que hablen por dentro, que toca "Doña Francisquita", "La Montería". Aquello del "Perro Chico" que diz: "El pay pay que en Manila se estila, y en Salamanca, ¡Ay que se me cai!" ¡Caray, los bizcochos! ¡Mirai qué bizcochos tan secos! Hay que desengañase. Estos bizcochos debíen ser borrachos. Bueno, yo comerélos así y, como pienso soplar lo mío, ya se emborracharán dentro. ¿No me falta naa? ¡La botella de Jerez! ¿Llevola? Sí, aquí está. Vamos pa alante. Quien me verá jaleame con aquello de "La Corte de Faraón": *(Iniciando el mutis)* ¡Al pasar de solteru a casau"...

FIN CUADRO PRIMERO

ACTO SEGUNDO
Cuadro Segundo

Escena Primera
Asunción, Juan, Amparo, Emilio, Pilar, Luisa, Lola, Joaquina, Fernando, invitadas e invitados.

(Al levantarse el telón las parejas bailan al compás de un gramófono que maneja el señor Juan. Lola, al lado de una mesa sobre la que hay bandejas de dulces, aprovecha cualquier descuido de los demás para atracarse de lo lindo. Poco después termina la música y dejan de bailar)

Asunción: Muy bien, bailáis muy bien.

Juan: ¿Llameslu bailar a eso? ¿A esi baile San Vito?

Asunción: Qué entiendes tú de esto. Esi baile llamase el foxtrote.

Juan: ¿El qué? ¡El foxtrote! Algo de trote sí tien.

Asunción: Ye un baile que sacaron ahora nuevu

Juan: ¡Pal gatu! ¿Llamase bailar a ximielgar les piernes, la cintura y el... bueno, too? Onde está una habanera o un chotis bien marcau, que se quiten toos los xostrones del medio. Además, cuando bailen, ponen unes figures que non paez que bailen, paez que están pescando calamares.

Fernando: Pues eso, señor Juan, son bailes de última moda.

Juan: Pues si son de última moda, dentro de dos años vais a bailar a gates. Cuando bailéis, como se- hacía en mi tiempu, una mazurca o una polka, entós ya podéis decir que bailasteis; lo demás ye perder el tiempu.

Fernando: Usté, creo que fue un gran bailarín, ¿eh?

Juan: ¿Quién, yo? ¡El hachu! Cuando me ponía a bailar en los Campos, parabense les demás parejes pa faceme corru. A ésta, *(Por Asunción)* conocíla entre un chotis y un vals. ¡Y qué vals! Acuérdome de aquello de... *(Cantando)* "Olas que al llegar"...

Asunción: Pero antes, ¿qué va a ser esto? ¿Vais a estar ahí de charleta como bobos? ¡Ma p'ahí, qué joventú! *(A Emilio y Amparo)* Vosotres ayudaime a dayos una copa a estos rapazos.

Juan: Trae la botella; yo serviré.

Asunción: Eso sí que no... Escancies una copa pa los demás, y cinco pa ti.

Juan: Porque estoy muy bien educau. Sirvoi a uno y brindo con él, brinda él conmigo, brindamos los dos. En fin, que estoy muy bien educau.

Asunción: Pues yo, que non tengo educación, non te dejo la botella. *(Viendo a Lola atracarse de dulces)* Pero, ¿qué ye aquello? ¡Ay, qué golosona; si non me está acabando con los dulces!

Lola: Non señora; si non comí más que dos.

Asunción: ¿Dos? ¡Dos docenes, fartonzona!

Lola: No señora; no comí más que dos píononos y dos brazos de gitana.

Asunción: ¿Non te bastaba con los píononos?

Lola: Non señora, hacíenme falta los dos brazos.

Asunción: Pues a ver si te cojo yo de uno, y te planto en la calle.

Juan: Déjala, muyer, un día ye un día.

Asunción: Vete a la confitería de la esquina por dos riales de esponjaos.

Lola: ¿No quier más?

Asunción: No.

Lola: *(Haciendo mutis)* Dos riales de esponjaos, dos riales de esponjaos.

Luisa: *(A Joaquín)* Quies dejame el alma en paz. ¡Caray, con el celosu!

Joaquín: Non soy celosu, no. Lo que digo ye la verdá. ¿Vas a negame que bailaste el domingo con esi rapaz que está empleau en la Flor de Lis?

Luisa: Si baile con él, fue porque non tuve más remediu. Consuelo, la mi amiga, que ye prima de él, presentómela y no iba yo a dai un feo. También tú bailaste con Josefa el día la boda del tu hermanu, y yo non te dije naa.

Joaquín: Aquello fue un compromisu.

Luisa: ¿Y tamién fue compromisu ir, como fuiste el lunes pasau... pasau el Puente del Piles, a Tetuán y Casablanca con Zulima y Moraima, y dibes cogiendo mores de los matos?

Joaquín: *(Pensando)* ¿Tetuán, Casablanca, Zulima, Moramima, unes mores? ¿Pero eso fue aquí o en Marruecos? Tú yes tonta.

Luisa: ¡El tontu seráslo tú! Sabes que ya me vas repunando, monín.

Joaquín: Tu sí que me vas repunando a mí.

Luisa: ¡Bah, bah, con el mono esti, qué importancia se da!

Joaquín: ¡Oyes! No insultes, ¡eh! Yo no te falté a ti en naa.

Luisa: Bueno, déjame en paz.

Asunción: ¿Que ye aquello? Entós, ¿venís a mi casa a reñir? ¡El día el mi santu! ¡Ca! Eso sí que no. Hoy no riñe aquí nadie. ¡Pues estaría bueno! Ahora mismo a daivos la mano y tan amigos, y queriéndose como siempre. ¡Hala!

Joaquín: Si ye ésta, que…

Luisa: Non, yes tú, que…

Asunción: Non ye ninguno de los dos. A bailar se ha dicho. Mañana reñís si queréis, pero hoy non pue ser.

Juan: Eso ye verdá. Aquí no hay enfados. Vamos a tomar una copa.

Asunción: Non, ya bebieron.

Juan: Entós, naa.

Joaquín: Yo no me enfado; ye ésta, que siempre me está provocando.

Juan: ¡Pero si eso ye la sal de les relaciones! Les veces que tengo yo reñio con la mi muyer. Como que cogió la costumbre, y ahora tenemos salsa toos los días, y hasta mojamos pan en ella.

Emilio: *(A Amparo)* Hoy estuvo mi padre con Pepe, y le invitó a venir.

Amparo: Yo lo que deseo ye que non venga. Tengo el presentimientu de que, si vien, ocurre algo malo.

Emilio: ¿Por qué va a ocurrir, mujer? El viene a felicitar a mi madre, por la sencilla razón de que es amigo de casa.

Amparo: No, él no trae sólo esa intención; asegúrotelo yo. Díjome Pilar que, desde que supo que nosotros salíamos juntos, que estaba como llocu. Por eso tengo miedu. Ye capaz de metese contigo, y yo no puedo consentir que nadie te falte. Esto que haces por mí...

Emilio: Yo hago lo que haría otro cualquiera.

Amparo: No, lo que haría otru cualquiera, no. El hombre que, como tú, estuvo velando a mi madre aquellos días que se puso tan mala, el que tuvo pa mí atenciones, esi non ye como los demás. Puede que haya en el mundo hombres muy buenos, pero más que tú, ninguno.

Emilio: Mujer, que me voy a poner colorado. Eso es mucho, flores.

Amparo: Esa ye la verdad. Non debía yo de decite estes coses, porque no está bien, pero qué quies. Siéntolo, y como lo siento, dígolo. ¡Qué Dios te pague tou el bien que haces!

Emilio: Vamos, deja ya ese asunto.

Escena Segunda
Dichos y Lola

Lola: *(Trae en un papel pequeños trozos de esponjado)* Tome los esponjaos.

Asunción: ¡Que ye aquello! ¿Estos son los esponjaos? ¡Estos cachos!

Lola: Ye que tropecé, y rompieronseme contra la esquina.

Asunción: Contra lo que se rompieron fue contra la tu boca. ¡Golosona! ¡Fartonzona! Espera un poco. *(Yéndose a ella)*

Juan: *(Deteniéndola)* Acuérdate que hoy ye el día de tu santu. Ya i pegarás mañana. *(El señor Narciso atraviesa por delante de la ventana)* ¡Home, ahí va Narciso! Voy a llamalu pa convidalu. ¡Narciso, Narciso!

Narciso: *(Desde la ventana)* Hola, señor Juan, ¿qué se y ofrez?

Juan: Pasa, chacho; pasa a tomar una copina. ¿Non sabes que hoy ye el santu de la mi muyer?

Narciso: ¡Caramba, doña Asunción! No me acordaba. No lo desprecio; ¡qué caramba! Allá voy. *(Mutis)*

Asunción: Que buen hombre ye esti Narciso.

Juan: Sí, pero llamase Narciso y tener esa cara. Además, esa manía de hablar en verso. El otru día díjome que manejaba muy bien el estro... ¿Que será eso?

Asunción: ¿Será el estropajo?

Juan: Ya está ahí. Adelante, adelante.

Escena Tercera
Dichos y Narciso

Narciso: Querida, doña Asunción, la felicito, ¡caramba!, con todo mi corazón. Que reine la alegría, que reine el buen humor, y todo en este día sea ventura, paz y amor.

Juan: Sí, señor. Chócala, Benavente. ¡Yes un hachu!

Narciso: Cuando veo una fiesta de esta índole me lleno de satisfacción, y de tal manera se me inflama el corazón...

Juan: Que luego hay una explosión.

Narciso: ¡Caray, señor Juan! Usted no toma nada en serio.

Juan: Entós, qué quies, ¿que esté llorando tou el tiempo? ¡Ya berré bastante de pequeñu!

Asunción: Tome, Narciso. Una copina de lo bueno.

Narciso: Gracias. Y levanto mi copa en honor de la anfitriona...

Juan: ¿Qué te llamó?

Asunción: No sé.

Narciso: Alma mater...

Juan: ¿Qué?

Asunción: Calla.

Narciso: De este hogar, modelo de esposas y de mujeres hacendosas, muy digno de respeto, las dos cosas. A la salud, señores. *(Bebe)*

Amparo: Oiga, señor Narciso.

Narciso: ¡Caramba, Amparito! ¡No había reparado! Tú como siempre, tan hermosa y tan graciosa.

Amparo: Voy a pedii un favor.

Narciso: Cualquier favor que me pidas ya procuraré yo hacerte, que ya sabes que Narciso siempre desea complacerte.

Amparo: Usté siempre con la manía de hablar en verso.

Narciso: Que quieres, hija, no lo puedo remediar. Ya me sale solo el verso antes de ponerme a hablar.

Amparo: Pues yo quería decii lo siguiente. Seguramente vendrá por aquí Pepe, aquel que fue mozu mío, ya sabe.

Narciso: Sí, sí; buena pieza esta hechu.

Amparo: Bueno, pues mire... Yo tengo miedu de que venga a armar escándalo. Usté, si me haz el favor, procure estar cerca, ya sabe que a usté lu respeta.

Narciso: Ya lo creo que me respeta. Como que me tien un miedo cerviz. ¿Y tú crees que vendrá a armar pendencia?

Amparo: Seguramente. Como me vió por la calle con Emilio, el fíu de doña Asunción, está celosu.

Narciso: ¡Ah, caramba! Los celos, los malditos celos. Por ellos se perdió Otelo, el moro de Napolés. Descuida, Amparo, descuida; yo vigilaré con tiento, y si ocurre alguna cosa, me presento aquí al momento. *(Medio mutis)* Bueno, señores, me voy corriendo a mi obligación. He tenido un gusto grande y una gran satisfacción.

Juan: Adiós, Narciso.

Asunción: Adiós, hombre.

Narciso: Adiós, jóvenes.

Todos: Adiós. *(Mutis Narciso)*

Escena Cuarta
Dichos, menos Narciso

Asunción: Bueno, pero vamos a ver tú, mazcayu. ¿Toques tú, o toco yo?

Juan: Tocará esti. Calla, muyer, calla; ahora voy.

Fernando: Oiga, señor Juan. ¿Non tien ningún discu de la Raquel Meller?

Juan: *(Tapándole la boca)* ¡Calla, condenau! Si non quies que acabe esta fiesta como el rosario de la aurora, non digas más esi nombre.

Fernando: ¿Por qué?

Juan: Por... Yes muy neñu toavía pa decite ciertes coses.

Emilio: Que, ¿vamos a bailar, Amparo?

Amparo: Estoy algo cansada.

Asunción: Aquí no está cansau nadie. ¡A bailar tou el mundo! Verás tú si bailen o no. *(A Juan)* Tú, a bailar.

Juan: ¿Con quién? ¿Contigo?

Asunción: Non, yo tendré cuidao del gramófano. Vas a bailar con ésta. *(A Lola)* Tú, ven acá.

Lola: ¿Qué quier?

Asunción: A bailar con el señor Juan.

Lola: Si yo non sé.

Juan: No, non; déjate de bailar. Lo que va a hacer ésta ye cantar, que tien una voz muy guapa. Tú, ¿qué quies más, bailar conmigo o cantar?

Lola: Cantar.

Juan: Dejásteme achantau, pero quiero más que cantes. Venir, chachos, que vais a oír a esti conato de estrella.

Lola: ¿Yo, estrella? ¡Y usté, cometa!

Juan: ¿Yo, cometa? ¡Arria, filu!

Música

Lola:
Conocí en Uviéu
una rapazuca
fea como un cocu
y muy piquiñuca.

Era tan delgada
como una cibiella
y la probe prieta
como una morciella.

En les romeríes
más de una costiella
frayaben a un mozu
por bailar con ella.

Y por culpa suya,
mal haya el demonio,
tuvo mil disgustos
más de un matrimonio.

Hasta los más vieyos
cuando ella pasaba

había que velos
limpiase la baba.

Vióla el cura un día
casi entre dos luces
y escapó corriente
faciéndose cruces.

Estribillo
Pues la condenada
non sé qué tendría
que a vieyos y a mozos
llocos los traía.

Hablado

Todos: Muy bien, muy bien.
Emilio: Muy bien, Lola, muy bien.
Juan: Visteis qué grande ye esta pequeña.
Fernando: ¡Ye un hacha!
Juan: Pero un hacha que corta el bacalao.
Asunción: *(Abrazándola)* Perdonote lo de los esponjaos.
Lola: ¡Bah, bah! Adobu, adobu. Creen que no sé que lo faigo mal.
Asunción: Tú no haces mal más que los recaos. Y ahora a echar un bailiquín.
Pilar: Si toquen un foxtró no hagas les bobaes que hiciste antes.

Fernando: No tengas cuidao, que voy a bailar formal. Ya sabes que too son bromes. Si no hay quién te quiera más que yo.

Pilar: Como no seas formal, déjote plantau.

Fernando: ¿Dejesme plantau? ¿Quies hacer comigo la fiesta l'árbol? Non tengas cuidao, ya verás que buenu voy a ser. *(Empiezan a bailar. Emilio y Amparo, Luisa y Joaquín, Pilar y Fernando, el señor Juan y Lola. Asunción cuida del gramófono)*

Escena Quinta
Dichos, Celesto y Pepe

(No bien aparecen por la puerta Celesto y Pepe, las parejas van dejando poco a poco de bailar, y el gramófono deja de tocar)

Pepe: Sigan, sigan; por nosotros no se molesten. Yo soy de confianza.

Juan: Non, bobu, non te preocupes. Ya se terminó.

Pepe: Entós, non dije naa. Ante todo buenes noches, señores.

Todos: Buenes noches.

Celesto: Salú

Amparo: *(A Emilio)* No te lo dije. Ahí está.

Emilio: Déjalo, veremos a ver por dónde sale.

Pepe: Felicidades, señora Asunción; felicidades por muchos años.

Celesto: Lo mismo digo; felicidades de too corazón. Deseoiles de verdá. Si non ye verdá, que me coja un tranvía.

Asunción: Gracies, neños, gracies. A ti, Celesto, que no te coja naa.

Juan: Y de cogete algo, que te coja una camioneta, que ye más moderno.

Asunción: Tomai una copina.

Juan: Ye verdá; vamos a tomar una copina.

Asunción: Ellos sí; tú ya tomaste bastantes.

Juan: Ya lo veis, chachos; estoy condenau a astinencia.

Amparo: Emilio, tengo miedo.

Emilio: Ya verás como no pasa nada. Yo te aseguro que esta noche sales de aquí con marido. *(Pepe vuelve la cara y ve a Emilio)*

Pepe: ¡Emilio! Hola, chacho, ¿qué tal estás? ¿Ya non conoces a los amigos?

Emilio: Como no. Es que estaba distraído.

Pepe: Explicome la distración. Al lado de Amparo, quien no se distrae.

Emilio: Es verdad, ¿cómo estás?

Pepe: No tan bien como tú. Yes el hombre de la suerte. Con dinero, y afortunau en amores.

Emilio: ¿Yo, en amores? No he tenido tiempo de pensar en ellos.

Pepe: Alguien habrá pensao por ti.

Emilio: Tampoco lo creo.

Pepe: Vaya; no te hagas el bobu, que too se sabe… y que sea enhorabuena.

Emilio: Te repito que no hay de qué.

Pepe: No te dé vergüenza, chacho. Ya sabemos lo que son estes coses.

Emilio: Yo no me avergüenzo nunca de mis actos.

Asunción: Bueno, ya podéis seguir bailando. Lo peor va a ser que estos probes no tienen pareja.

Pepe: De eso, encárgome yo.

Juan: Oye, Emilio.

Emilio: *(A Pepe)* Con permiso. *(Se acerca a Juan)*

Pepe: *(Se dirige a Amparo)* ¿Tendríes inconveniente en bailar conmigo?

Amparo: Pepe, por Dios te lo pido.

Pepe: Paezme que non te dije naa que sea motivo pa ponese así. Sólo te pregunté que si quies bailar. Ahora, si tienes ya pareja, entonces non digo naa.

Amparo: No tengo pareja ninguna, ye que no tengo gana de bailar.

Pepe: Canseste pronto. Sabes que tengo mala pata.

Amparo: Ahí tienes algunes que no dejarán de hacelo.

Pepe: Pero yo tengo el caprichu de que seas tú.

Amparo: Pues eso non puede ser.

Pepe: ¿Por qué?

Amparo: ¡Porque no!

Pepe: Pues ya que te pones así, vas a ver. Conmigo vas a bailar por les buenes o si no, como hay Dios, que bailes por les males. A ver, señor Juan, toque una piecina guapa, que vamos a bailar ésta y yo.

Juan: *(A Emilio)* ¿Qué hago, chacho?

Emilio: Lo que le dicen, sencillamente.

Celesto: A la que baile conmigo, doy una cosa.

Todas: ¿Qué? ¿qué?

Celesto: ¡Un besu!

Pilar: ¡Sinvergüenza!

Luisa: Mia, qué ricu.

Lola: Que listu.

Amparo: Pepe, escúchame bien. Yo no quiero bailar contigo. No necesito explicate porqué. Ya lo sabes tú demasiado. Entre nosotros ya no puede haber nada.

Pepe: Y que tien eso qué ver con que yo quiera bailar contigo. Lo otro son coses más distintes. Ya sabes tú los motivos.

Amparo: Por lo mismo que los sé, te lo digo.

Pepe: Lo que pasa ye que algunos moscones anden al olor de la miel, y no lo van a probar.

Amparo: ¿Qué quies decir con eso?

Pepe: Naa, que estoy enterau de too, y que alguno va a saber quién ye Pepe.

Amparo: ¿Vienes a armar escándalo?

Pepe: Vengo a lo que me da la gana… y vamos a bailar, que se me está acabando la paciencia.

Amparo: Ya te dije que no bailo.

Pepe: *(La coge de una mano fuertemente)* Bailes, o si no…

Amparo: ¡Suelta!

Emilio: *(Adelantándose)* Eh, amigo. Un poco de respeto.

Pepe: ¿Quién yes tú pa metete en lo que no te importa?

Emilio: Un hombre que no consiente que, delante de él, y en su propia casa, se le falte a ninguna mujer.

Pepe: Tú metete en los tus asuntos, que yo no me meto en los tuyos.

Emilio: Cuando un hombre falta a sus deberes como hombre, cualquiera está obligado a llamarle la atención.

Pepe: Por lo visto, tú no tienes más oficiu que el de defender a muyeres.

Emilio: Mucho más noble que el tuyo. Yo las defiendo, tú las engañas.

Pepe: Pues has de saber, que esa a quien defiendes con tantu calor...

Emilio: ¿Qué?

Pepe: Naa, ya lo sabes tú tan bien como yo.

Amparo: ¡Canalla!

Emilio: ¡Quieta! Sé, tan bien como tú y como todos, que ya te has encargado de pregonar por todas partes tu hazaña.

Pepe: Yo lo que digo ye que ésta fue y será siempre mía. Tengo esi derecho.

Amparo: ¿Tuya? ¿Quien fuiste tú siempre pa mí, más que un canalla?

Pepe: Eso...

Amparo: Sí, un canalla. ¡No creas que te tengo miedu! Un hombre que, despés de conseguir de mí lo que pretendía, el únicu arranque que tuvo pa mí fue... ¡Abandoname! ¡Qué valiente! Un hombre que, pa no cumplir conmigo, pon por toda disculpa que tien mieu a que su padre lu desherede. Quier decir con eso que el dineru, el malditu dinero, está por encima de la mi honra. ¿Qué atenciones ni que cariñu tuviste nunca pa mí? ¿Y toavía quies tener derechos? Podría tenelos el hombre que se hubiera puesto delante de todos, y dijese: "Yo cometí una falta, yo la repararé."

Juan: Vuelve por otra, chachu. ¡Y yo que creí que esta neña non sabía hablar! ¡Si habla más que la mi muyer!

Pepe: No te esfuerces Estamos todos en el secreto. Con eso que dices, trates de justificar lo que tou el mundo ve y sabe.

Amparo: ¿El qué?

Pepe: Que estás interesada por otru hombre. Interesada, no enamorada, porque ye el interés lo que te lleva a él. El dineru de América ye muy golosu. Peor pa él, que compra caro lo que otros tuvieron de balde, y hoy ni de balde lo quieren.

Amparo: ¡Cobarde!

Emilio: ¡Ea! Basta ya. Dice muy bien ésta; eres un cobarde.

Pepe: ¿Yo?

Emilio: Sí, tú. Un cobarde y un miserable, y harta paciencia he tenido dejándote hablar. Quise ver hasta dónde llegaba tu cinismo y tu descaro. Yo fui el que le dije a mi padre que te invitara a venir aquí esta noche. Pensaba yo que, al verte delante de esta mujer, de esta mujer que puso en ti todo, un sentimiento de nobleza, un resto

75

de dignidad, te impulsaran hacia ella y, alargándola la mano, la levantaras para colocarla de nuevo en el lugar de donde tan villanamente la habías arrojado.

Asunción: ¡Olé el mi fíu!

Juan: Nuestru, nuestru.

Pepe: Eso no te lo aguanto.

Emilio: Espera, que me tienes que aguantar más todavía.

Amparo: ¡Emilio, por Dios!

Emilio: Déjame. Supusiste, con mala intención, que me impulsaba a defenderla un sentimiento muy distinto al de la amistad y, en efecto, no te equivocaste. Había en mí hacia ella algo más que un cariño de amigo, pero nunca se lo dije. Ahogaba este sentimiento mío por verla a ella feliz. Pero ahora es distinto. Si antes puse gran empeño en uniros, hoy me opondría con todas mis fuerzas a esa unión. ¡No eres digno de ella!

Pepe: ¿Tú, sí?

Emilio: Yo sí. Y no es que ella venga a mí, es que yo voy a ella por buena, por digna, por desgraciada. El pasado no existe. Sólo existe el amor y el respeto, la conciencia. ¡Esa es la base de la felicidad!

Juan: ¡Eso ye la base, y peinase!

Pepe: Que sea enhorabuena, Amparo. Qué suerte vas a tener. No te quejarás del marido, ¿eh?

Amparo: Así lo espero. Fue el únicu hombre que me supo tratar con atenciones y respeto. El únicu que me supo decir dónde estaba la verdá de too. El que llevó un poco de consuelo a mi madre. Sólo por eso, tengo que tenei un agradecimientu muy grande.

Pepe: Enhorabuena, chacho. Tienes buena mano pa atraeles. Ahora que ten cuidado cuando te cases, porque a lo mejor…

Emilio: ¿Qué?

Pepe: ¡Salte el tiru por la culata!

Emilio: ¿Qué quieres decir con eso?

Pepe: Naa, que la que fue débil de soltera, igual lo pue ser de casada.

Emilio: *(Dándole una bofetada)* ¡Toma, canalla!

Pepe: ¿A mí? *(Saca una navaja. Escándalo, gritos, voces, revuelo. Unos sujetan a Emilio, otros a Pepe)*

Juan: ¿Qué ye esto?

Celesto: ¿Ónde vas, bárbaro?

Pepe: Suelta, suelta; que lu mato.

Emilio: ¡Ven, miserable!

Amparo: ¡Emilio, por Dios!

Escena Sexta
Dichos y Narciso

Narciso: ¿Qué pasa aquí? *(Viendo a Pepe)* Hombre, me alegro de encontrar a este pájaru. ¡Caramba, y con armas encima! Pues, como te he sorprendido en situación ilegal, vas a entendértelas, joven, con el Código Penal. Venga, venga; salga caminando pa adelante sin abrir siquiera el picu. Ya verás qué calabozo tengo yo pa ti tan ricu.

Pepe: Y, ¿por qué se me detiene a mí? Yo obre en propia defensa.

Asunción: Diga usted que no, que vino aquí a armar escándalo. ¡Comprometedor, más que comprometedor!

Pepe: Señora, mire lo que dice, porque si no…

Juan: ¡Oye, tú! ¡Cómo insultes a la mi muyer, doyte una torta que vas al cuartón en miriplano!

Narciso: Bueno, vamos pa adelante. Señores, muy buenas noches; puede el baile continuar y, si ocurre alguna cosa, no tienen más que avisar.

Asunción: Gracies, Narciso; muches gracies.

Juan: Mira, chacho; tú, como guapu, non yes guapu, pero como servicial, yes el campeón.

Narciso: Bueno, bueno. Adiós. Caminando, amigo.

Pepe: *(Jurando)* Por ésta que me les pagáis.

Todos: Fuera, fuera. *(Mutis Narciso y Pepe)*

Escena Última

Lola: ¿Ónde lu lleven, señor Juan?

Juan: Va ahí cerca, a facei una visita a Zarracina.

Celesto: Oiga, señor Juan… que… yo… no.

Juan: Tu ven acá. *(Le pone delante de Lola)* Coge aquí.

Celesto: ¿Qué quier?

Juan: Tú obedez, y calla. A bailar con ésta.

Lola: Ya i dije que non sé.

Juan: Ya te aprenderá ésti. Non ves que fai peonces en el taller.

Emilio: Amparo.

Amparo: Emilio.

Emilio: Necesito repetirte lo que dije antes.

Amparo: No, no me hacen falta les palabres. Al buen entendedor... Sólo quiero una cosa. Que no me falte nunca tu cariño.

Emilio: ¿Lo dudas?

Amparo: No, Emilio.

Emilio: Te quiero, Amparo.

Juan: *(A Asunción)* Ven acá, patrona. Vas a bailar conmigo. Pero, adviértote una cosa. ¡Cómo te ximielgues como éstos, déjote plantá! ¡Palabra!

Asunción: No, yo non bailo.

Todos: Sí, señora Asunción; baile.

Juan: Baila, muyer; baila. Non ves cómo te lo piden. Un día ye un día. Mira, si bailes, júrote non beber más...

Asunción: ¡Mentira!

Juan: Non beber más hasta mañana. *(Pone un disco)* A la una, a las dos y a las tres. *(Bailan todos)* ¡Viva la patrona!

Todos: ¡Viva! *(Vivas, cantos, juerga, animación, y cae el telón)*

FIN

www.ingramcontent.com/pod-product-compliance
Lightning Source LLC
Chambersburg PA
CBHW070537130626
46555CB00003B/1466